Jorge el curioso
se divierte haciendo gimnasia

Curious George®
Gymnastics Fun

Adaptation by Leora Bernstein
Based on the TV series teleplay written by Bill Burnett

Adaptación de Leora Bernstein
Basado en el programa de televisión escrito por Bill Burnett
Traducido por Carlos E. Calvo

Houghton Mifflin Harcourt Publishing Company
Boston   New York

For information about permission to reproduce selections from this book, write to Permissions, Houghton Mifflin Harcourt Publishing Company, 215 Park Avenue South, New York, New York 10003.

ISBN: 978-0-544-43971-9 paper-over-board
ISBN: 978-0-544-43972-6 paperback

Design by Afsoon Razavi

www.hmhco.com

Manufactured in USA
PHX 10 9 8 7 6 5 4 3 2
4500532735

AGES	GRADES	GUIDED READING LEVEL	READING RECOVERY LEVEL	LEXILE ® LEVEL	SPANISH LEXILE ®
5–7	1	I	15–16	270L	350L

Today was George's first gymnastics class!
His friends Allie and Bill were in class, too.

**¡Hoy Jorge fue a su primera clase de gimnasia!
En la clase también estaban sus amigos Allie y Bill.**

The gym looked
like a playground.
George wanted to try everything!

**El gimnasio parecía un patio de juegos.
¡Jorge quería probar todo!**

The teacher said they had to stretch first.
"There are three *S* rules in gymnastics," she said.
Stretching was the first *S* rule.

La maestra les dijo que primero tenían que estirarse.
—En gimnasia, hay tres reglas que seguir —dijo.
La primera regla es "Estiramiento".

They stretched high.
They stretched low.

Se estiraron hacia arriba.
Se estiraron hacia abajo.

Supervision was *S* rule number two.
Allie balanced on the balance beam.
The teacher supervised.

La regla número dos en gimnasia es "Supervisión".
Allie mantuvo el equilibrio en la barra.
La maestra la supervisó.

Bill wanted to try the rings.
They were hard!
"Gymnasts must be really strong," said Bill.

Bill quería probar los anillos.
¡Era difícil!
—Los gimnastas deben tener mucha fuerza —dijo Bill.

"You have to build muscles," the teacher said.
Until then, she gave him a bench for safety.
Safety was the third *S* rule.

**—Tienes que fortalecer los músculos —le dijo la maestra.
Y le dio una banqueta para usar hasta entonces, por seguridad.
"Seguridad" es la tercera regla.**

Soon class was over.
"Great job! See you next week," the teacher said.

Poco después, la clase terminó.
—¡Lo hicieron muy bien! Hasta la próxima semana —saludó
la maestra.

Next week?
George could not wait that long.
He wanted to practice every day.

¿La próxima semana?
Jorge no podía esperar tanto.
Quería practicar todos los días.

"If I owned a gym, it would always be open!" Bill said.

—¡Si yo tuviera un gimnasio estaría siempre abierto! —dijo Bill.

That gave George an idea.
They could make their own gym!

**Y eso le dio una idea a Jorge.
¡Podrían hacer su propio gimnasio!**

First, they needed mats so they could stretch.
George found sleeping bags in the basement.

**Primero, necesitaban colchonetas para poder estirarse.
Jorge encontró unas sacos de dormir en el sótano.**

George took them outside.
He put one bag on top of the other bag.
Now they were as soft as the gym mats.

Jorge las llevó afuera.
Puso una bolsa sobre otra.
Y ahora eran tan mullidas como las colchonetas
del gimnasio.

"What about a balance beam?" Allie asked.
The fence would be a good balance beam.

**–¿Y la barra de equilibrio? –preguntó Allie.
La cerca sería una buena barra de equilibrio.**

But it was too high.
It would not be safe.
They put a wood beam from
the fence on the ground.

Pero era muy alta.
No sería seguro.
Entonces pusieron una tabla de la
cerca en el suelo.

Bill wanted some rings.
They had to be just the right size.
Shower curtain rings were too small.

Bill quería algunos anillos.
Tenían que ser del tamaño justo.
Los anillos de la cortina de la ducha eran demasiado pequeños.

But towel rings were perfect!

¡Pero los anillos para las toallas eran perfectos!

George tied them to the tree.
Bill still needed lots of practice.

Jorge los ató al árbol.
A Bill todavía le hacía falta mucha práctica.

Their gym was ready.
Now Allie, Bill, and George could practice every day!
And they did.

El gimnasio estaba listo.
Ahora, ¡Allie, Bill y Jorge podían practicar todos los días!
Y así lo hicieron.

The next week, they went back to class.
The teacher was amazed at their progress.
They were gym-tastic!

**A la semana siguiente, volvieron a la clase.
La maestra quedó asombrada con sus avances.
¡Eran gim-tásticos!**